失眠夏夜

——楊淇竹詩集

「含笑詩叢」總序／含笑含義

叢書策畫／李魁賢

　　含笑最美，起自內心的喜悅，形之於外，具有動人的感染力。蒙娜麗莎之美、之吸引人，在於含笑默默，蘊藉深情。

　　含笑最容易聯想到含笑花，幼時常住淡水鄉下，庭院有一欉含笑花，每天清晨花開，藏在葉間，不顯露，徐風吹來，幽香四播。祖母在打掃庭院時，會摘一兩朵，插在髮髻，整日香伴。

　　及長，偶讀禪宗著名公案，迦葉尊者拈花含笑，隱示彼此間心領神會，思意相通，啟人深思體會，何需言詮。

　　詩，不外如此這般！詩之美，在於矜持、含蓄，而不喜形於色。歡喜藏在內心，以靈氣散發，輻射透入讀者心裡，達成感性傳遞。

　　詩，也像含笑花，常隱藏在葉下，清晨播送香氣，引人探尋，芬芳何處。然而花含笑自在，不在乎誰在探尋，目的何在，真心假意，各隨自然，自適自如，無故意，無顧忌。

　　詩，亦深涵禪意，端在頓悟，不需說三道四，言在意中，意在象中，象在若隱若現的含笑之中。

含笑詩叢為台灣女詩人作品集匯，各具特色，而共通點在於其人其詩，含笑不喧，深情有意，款款動人。

　　【含笑詩叢】策畫與命名的含義區區在此，幸而能獲得女詩人呼應，特此含笑致意、致謝！同時感謝秀威識貨相挺，讓含笑花詩香四溢！

序

　　《失眠夏夜》是我回憶 2024 年夏天的部分生活。當時感染肺炎，身體極為不舒服，不斷咳嗽，在發燒又燒退反覆循環之下，有兩個星期的夜晚都無法入睡。因為沒辦法好好入眠，只好觀看外面的露台與星星相伴整夜，同時播放鋼琴曲讓身體轉移焦點，或翻開書本看看文學理論。這段痛苦冗長時間便構成系列一「淡水夏夜」的寫作核心。

　　隨著身體好轉，咳嗽不再劇烈，我踏上了北海道之旅。此次家族旅行，早在 4 個月前就已經預訂，原本以為會因為肺炎後遺症而無法成行，還好醫生檢查後沒有大問題，只要持續服藥，即可安心出門。我就在尚有一些咳嗽狀態之下，開始收拾行李，心情是相當雀躍。而我的後遺症是容易呼吸困難，但又不是氣喘，無法做劇烈運動以及跑步，為了調整肺活量，固定時間去走路變成日常。北海道旅行伴隨尚未完全康復的身心出門，心情仍存有相當程度的苦痛，像是晚上沒法入睡一事，尤為困擾。

　　離開淡水，往北海道出發，除了和家人相聚，也為自己尋找生活無法發現的驚奇。旅行過程美好又有趣，體驗北海道涼爽夏季，天氣幾乎是晴朗，偶爾遇上細雨紛飛，卻格外美麗。夜晚溫度比較低，但不冷，適合泡完溫泉後入睡。路程經過了

然別湖划獨木舟、十勝之丘公園拍照、富良野薰衣草農場賞花、美英青池散步、搭乘旭岳纜車至大雪山頂健行、美唄安田侃美術館參觀，最後抵達札幌街區閒逛。

　　夏天就在多事之中度過。我感受快樂與傷悲並行，讓回憶特別曲折深刻。系列二就是聚焦在八月北海道之夏，從快樂氛圍對比上個月感染肺炎的痛苦難耐，極端的心情起伏，同時有正在進行的活動，值得書寫記錄。

　　2024 年是笠詩社歡慶 60 周年的大日子，從 5 月開始，展開如火如荼全台巡迴演講。我身為笠詩人，開心迎接一系列慶祝活動，特別是協助編輯《笠新世紀詩選 2000-2023》出版，也收到主編李昌憲為社慶編輯的《笠詩社同仁書目》。可是喜悅事情總會伴隨悲傷，今年陸續接到笠前輩詩人的過世消息，情緒轉折非常劇烈。

　　系列三圍繞在閱讀《笠》詩刊 60 年的回顧。我必須承認夏夜是籠罩肺炎的失眠夜，無法入眠的因素，讓我重新打開《笠》的歷史資料。一邊咳嗽和發燒，一邊翻閱詩刊史料，又同時播放鋼琴家劉孟捷彈奏的蕭邦《夜曲》。那時候意識相當紛擾，一再猖狂的病毒阻隔我順利閱讀，柔和鋼琴曲調卻不斷催眠我入睡，深夜時刻就在各方拉鋸中到了天亮。白天之後斷斷續續片刻小睡，喝雞湯、吃飯、服藥，無限循環在臥房休養兩週。系列中收錄我對《笠》詩社的感情，以及過去至今悼念前輩詩人的作品。

最末系列「夏夜‧回憶不會走」,是集結近幾年出遊或生活寫作片段。夏天,在我生命是重要的,代表一年中的休息時間,通常會與家人去小旅行,到台灣或日本各地方探索美食與玩樂,體驗不同的生活文化。離家感受的人地事,經常令我感動不已,並成為書寫的創作來源。

　　《失眠夏夜》為生命休息片刻之回顧。過去我是如此愛好睡眠,除了時差之外,不曾在漫漫長夜清醒。始終慶幸病痛把作息打亂,讓夜讀與書寫在夏夜有了對話,將痛苦、快樂、哀傷、欣喜合奏出夜晚絢麗的鋼琴曲。

失眠夏夜

008

目次

「含笑詩叢」總序／李魁賢　003
序　005

系列一　淡水夏夜

夏日　016
發燒　018
咳　019
失眠　021
時間靜止　023
頭痛　024
一杯果菜汁　026
睡眠　027
游泳池　028
雞蛋花　030
病　032
肺炎　033
死神　034
浴缸　036

失眠夏夜

水流　037
出走　038
醫院　039
呼吸　040
手裡的藥丸　041
雞湯　042
祝福　044
無語　045
吐氣　046
蠟燭　047
肺炎雜點　050
早晨的吶喊　051

系列二　北海道夏夜

飛機　054
久違的空氣　055
巴士　057
鄉間　059
溫泉湯　060
熊牧場　062
獨木舟　065
團體照　067
然別湖泛舟　069

富田薰衣草　071
薰衣草精油館　073
哈密瓜冰淇淋　074
北海道夏夜　075
走在林蔭　077
大雪山　079
細雨　081
安田侃美術館　083
水廣場（水の広場）　084
白石　085
捉迷藏　086
嬉戲　087
玉米　088
十勝之丘花鐘　089
投幣飲料　090
冰水　091
法式料理　092
冰淇淋　094
向日葵花田　095
狂奔　096
初夏　097
旭岳纜車　098
仍舊是拉麵　100
夏夜在榻榻米　102

系列三　夏夜，讀《笠》60年

家　104
詩　105
相遇　106
歲月　107
笠友會　108
旋律　110
絲帶──致杜潘芳格　112
展翅的「變色鳥」──致詩人趙天儀　114
釋放，思念啊！──追悼前輩詩人喬林　116
時間──哀悼曾貴海醫生　120

系列四　夏夜・回憶不會走

童年　124
酸甜奇異果　129
百香果　130
切片火龍果　131
鳳梨　132
三角西瓜　133
水梨　134
加州白桃　135
加州綠葡萄　136

烏山頭水庫　137
遊霧台組詩　142
遊台東組詩　149
致老祖父與基隆　154
紫蘇茶　157
團圓　158
小人　160
四季　162
記憶　163
告別　164

失眠夏夜
014

系列一
淡水夏夜

夏日

熱度從脖子落下
風吹不起髮絲的沉重
低盪空氣靜止
夏穿插蟬鳴
透露現在的時節
陽光陽光毫無停止工作
七月流逝在
冰淇淋的冷意
細菌病毒也不停工
蠢動
打算建造另一強大帝國

歡笑中迎接暑假人群
走入捷運站、市集、百貨賣場
景點充滿足跡
遊戲場穿梭笑聲
賣場吆喝促銷價
美好接軌後疫情時代

病毒不再恐怖
肺炎只是一種流行病毒
流感更具威脅
群起進攻 35 度以上的酷暑
歡樂人群與細菌
蓬勃走進走出　暑氣流動中

融合高溫的夏
醫院排隊等待醫生
診所排隊等候診療
藥藥藥
包裝機器聲混雜細菌病毒歡呼
病患姓名、藥袋藥包流程一個接一個
歡呼聲在人體重生繁衍死亡
也無限循環

失眠夏夜

發燒

身體熱氣到處亂竄
跟窗外夏日熱流
比賽
到底誰能勝出？
氣象報告從電視機傳送
今日破高溫40度
島國南部
當心紫外線

熱,迎風襲來
掠過我高溫
身體
燒,一直持續
我在躺椅上乞求
夏
趕快離開

咳

無法制止的咳
衝出了身體
一聲二聲三聲
起伏規律
呼吸難耐
一聲二聲三聲
被間斷
咳咳咳
咳不出來的痰
蓄積在肺臟
讓細胞發炎
堵塞氣管正常運作
堆積肺內四處

詩人有不能說的話語
講不出來的恨
積在身體抑鬱一年年
當咳也咳不出來

插了管,是否會疏通一些?
肺炎感染的病毒
咳咳咳
災難還會持續多久

失眠

頭昏抓不到
意識
不知名飛鳥　翱翔
落地窗抓不到
蹤跡
停在欄杆短暫地
鳥糞一地
挖土機運作　轟隆
新建案工地抓不到
幸福
廣告美好成家堆疊
房價高居

午後天藍寂靜
空白思緒
從眼前掠過
回憶昨夜失去睡的興致
咳嗽斷斷續續

失眠夏夜

一瞬間抓住愛睡慾望
卻又咳嗽擾亂擾亂
咳……
咳……
咳……
現在連日夢都失眠
半閉雙眼等待
夕陽過後
是否能抓住
潛意識出沒的影子

時間靜止

隨風跳躍
時間
走過日出與夕陽

與雲起舞
時間
穿過陰雨和日照

時間
不為任何喜好
停留

只有我
以為時間困在記憶
不曾離開

頭痛

劇烈的痛
頭部傳達到身體
抵達內心
血液瞬間停止回流
訴說
神經痛絕的感官

每一個細胞每一條神經每一秒都在運作
血管內壁的血球
來來回回輸送氧氣或二氧化碳
白血球抵禦外來細菌病毒
忙碌忙碌

到底是什麼造成頭如此劇痛
發炎的臟器不發出聲
寂靜夜晚
仍靜默讓全身供足氧氣

痛在騷動的夜
不得安寧
空轉大腦把意識
騙去
沒有傷悲的棉花糖童年

一杯果菜汁

清涼水果
攪拌在蔬菜鮮綠
甜苦澀味
加入冰塊
融合為一杯特調
鳳梨的香甜
去除菜葉淡淡苦味
奇異果酸甜
拋開葉菜絲絲草腥
冒火咽喉遇上一杯果菜汁
熱氣火氣怒氣
全都送走
吐出一口涼涼的夏

睡眠

奢侈的睡眠時間
對許多人
是一種夢想
工作長時間工作
把人擠壓成熱壓吐司
起司、鮪魚、玉米和美乃滋
甜甜鹹的生活
滿足在嘴卻流下辛酸的淚

睡眠相望生病人
也是距離好遠
奢求變成積聚的渴望
無法睡好
夜夜苦痛呻吟
手抓著上帝給的指示
疑惑
到底何時能解脫？

游泳池

聞聞清涼池水的味道
小孩嬉戲從對面
游泳池
乘風吹來
我對望著夏
美好融化在愜意的午後

關在臥房
一扇通往陽台的落地門
靜默室內
雀躍室外
跨出門,感受氣流在飛舞
可惜身心沉重飛不起來
所有病毒拉我跌到
椅子,氣喘吁吁
數數時間一分一秒
發燒溫度跟隨暑氣攀升
內心蓄積的游泳池

餘波
何時才能消散透不過氣的
熱度

雞蛋花

泳池畔
雞蛋花季節

走過一朵朵黃白交錯
潔淨花香
炙熱暑氣吹來
浮在水影的樹身
綠意滿滿
看似不曾缺水的夏
濃郁青綠被照顧
樹影茁壯
是午後園丁把整個夏
裝飾成果
相遇一朵朵黃白交錯

雞蛋花樹上
雞蛋花樹下

芬芳開在我衰老的樹影

屬於夏

憂傷花香

病

沒辦法睡覺的夜晚
一隻隻魔鬼
走進走出
毫不客氣奪走
瞌睡
時間分秒之後
星子和黎明
交談
他們即將分手
陽光乍現
刺眼把寂靜都吞噬
病
循環又循環
向天黑
向天明
說
再見

肺炎

靠近病毒
距離
少於一公尺
他穿插
肩膀與肩膀
縫隙
彈跳在宿主間
繁衍後代
不怕誰會討厭他
生存溫暖氣管唾液痰
咳嗽後
進駐另一身體
綿延壽命
永世
萬萬歲

死神

死神
出入
毫無時間限制
他算著人的時間
一分也不能少
理智
切斷人的情、愛、牽掛
瞬間
跨越
呼吸的靜止
遊走在淚水嚎啕中
不曾動搖

無論人性好壞
無論公平報應
壽命
應該精算
他笑看愚蠢人性

不該死的
不會死
眷戀生的
不會活
被詛咒的
不會早一秒死
做善事的
不會多活一秒

他要看
戰爭、疾病、天災、禍亂……
如何讓你走不了醫院的
死生

浴缸

半夜睡不著
發燒
拖累身體的精力
疲憊灌入許多藥水
想入眠卻要不得
熱度逐漸升高
不想起身
環顧空蕩蕩房間
只有我與病毒在呼吸
音樂起不了作用
抒情的
丟向深夜星空
開水龍頭水花水聲佈滿室內
浴缸
十分鐘之後
我坐進滿水位浴缸
38度水溫
38度身體
比賽誰先降溫

水流

水龍頭流出
吵雜水流
濺起水花浴缸
沒有孤獨
流動的水傳來溫柔
熱度
即使深夜時刻
吞噬寂靜
一點一滴吃盡
咳嗽聲響起
又把聽覺關注在身體
已經不知怎麼計算
無睡眠的小時
分針卻在一缸洗澡水
緩慢移動
蒸氣效應之下
今夜又拖慢腳步
不肯離開

出走

沒有料想
思緒離家出走
腦袋空蕩蕩
望在窗外的夏
吐
熱氣
一大口

醫院

白色調
走在牆壁與牆壁間
粉刷
病人的剛毅
心靈微小脆弱
可能意外被發現
路徑錯誤
轉往人生的未來
通道接連通道
彎曲地
打開診間，鎮定：

醫生，今日我很好！

呼吸

呼

吸

尋常動作

生病前

她不知道

生存是簡單呼吸

生病後

呼吸不再順暢

看著夜空

緩慢吐一口口氣

緩慢吸一口口氣

肺部運行時常被咳嗽

打斷

她在意志堅定中

抓夜空涼風

垂危呼吸的一片空白

大叫

黎明快來

手裡的藥丸

藥
輕柔
躺在手裡
不說任何話
她只是例行的吞藥
把所有的愛
吞下去
親情、友情、愛情……

苦痛中
抓緊
一點點抒發
她不知道
尚未吞入喉嚨的
藥
正苦澀融化

雞湯

煮雞湯之前
飛快剁刀
雞瞬間支解
香菇、枸杞、紅棗提前泡開
川燙過雞塊
全倒入鍋中等待熟透
電鍋悶入煮飯人的心思
等待冒出蒸氣
香味從廚房飄散
雞湯濃厚還未說出口
電鍋需要再悶熟
愛情也在等待熟透之前
嚐盡過度的酸甜苦辣
種種失敗料理
到了烹煮雞湯,卻未再失敗

最終端出一碗雞湯
從愛人手中接來

溫潤補足生病的虛弱
愛啊！
還要再煮 20 年

祝福

你收到多少祝福？
友人關心簡訊
一封封
要好好吃藥
我祈禱，為你
低潮時，沉默把空氣
靜止在夏夜
看手機訊息
不說任何感動
你早已收集好祝福
努力吞藥
一次次一天天
吞下
祝福滿滿
我的愛

無語

無法說話
喉嚨被卡住了
後遺症從肺炎開始
安靜思索沉默
仔細聽見生活

語言在生命抽離
只能羨慕語言四處飛翔
講話的口
四處都聽得到
嘴,開合開合

無語
數日子數小時
痊癒時間欺騙自己
明天即將抵達

吐氣

吐一口氣
包含哀傷、困頓、騷動
身體抑鬱與不快
寫下
熱氣無法消散的夏夜
殘破詩句
在病毒離開後

蠟燭

吹蠟燭
再一次想像

我在一間檢查室
依據指示吹氣
檢驗師像詩人
她說吹著蠟燭
用盡全力
唯有吹熄才能讓電腦數據
偵測

吹蠟燭
再一次想像

生日蠟燭隨便就吹熄
現在一整排蠟燭
可不能
吹過三回,只能先休息

失眠夏夜

肺功能檢查需要端看測量曲線
吹好吹漂亮顯示弧形
即可得分
總為了吹長,偷吸一小口氣
仍被電腦發現,也被檢驗師知道

吹蠟燭
再一次想像

努力用力大口吹氣
只能吹一次,偷偷低語
呼……
成功,我開心歡呼
提前吹過生日蛋糕喜悅
之後再吸擴張劑
休息
進行最後的吹氣行動

吹蠟燭
最終,再一次想像

肺炎雜點

肺部黑與白
X 光片下的人生
顯影
雜點斑斑
推斷是肺炎後遺症
我看不清黑白影像的深度
咳嗽仍佔滿大部分
生活
急切吃藥
一再安撫症狀
漫長深夜只能咳嗽
靜候
時間離開

早晨的吶喊

車子,睡不飽
叭叭叭
慢速行走的道路
誰不讓誰
比大聲　咆嘯

向後看遙遠的淡水
美麗夕陽
等待我回家
向前看關渡橋方向
回堵綿延
努力想翹班

睡眼突然
碰一聲
恍神驚醒的現實
淒厲

失眠夏夜

遠遠從血色橋墩
傳來

系列二
北海道夏夜

飛機

沉穩飛機
一向舒服安置旅客
安全帶
把不安繫得牢固
起飛與降落
傾斜衝擊,讓驚嚇
消失
行駛順風逆風
時間在經度跨越
多一小時
飛機歡送失去一小時乘客
又再次啟航
把多走一小時的時差
送回返程旅客的臉
一點點青春

久違的空氣

自從疫情飆升
關起了觀光的心
戴上口罩把自己隔絕
病毒猖狂
蔓延大陸與島嶼之間
疫苗一種接一種
新舊汰換
圍起無形高牆
也讓口罩慢慢卸下
人與人逐漸親近
我終於適應新生活
繞著病毒與其他細菌
共存
踏上飛機
不再驚慌準備防護
里程飛越海洋
停機等候
抵達北海道

失眠夏夜

雀躍
迎接久違的空氣

巴士

準點巴士
開往北海道各小村落
遊客自新千歲機場
湧出
路線開出巴士站
告別機場人與人錯身
擁擠、急忙擠壓在時間隙縫中
喘一口氣
清新北海道
匯流出去的路線
等待再次交會

我向車窗
告別來自城市忙碌
吵雜和人聲
巴士排出憂愁廢氣
讓心靈空白

等待旅行箱裝滿
涼爽夏夜

鄉間

原野,一片綠
遠看去天空盡頭
沿林蔭
前行
木屋一棟棟
美式鄉村風陣陣吹來
薑餅屋被放大
鄰接聚落的房屋
整齊排列
獨鍾小庭院
落在清爽夏季
擦身趣味的暑氣
卻不燥熱

溫泉湯

告別淡水
像告別肺炎

咳嗽包在口罩底
逐漸好轉
睡在飛機座位
睡在巴士座位
抵達飯店前
休息添加了倍數時間

藥持續吃
安慰了發炎後遺症
咳嗽趨緩

進入房間
以為補眠繼續
精神把我拖去大眾湯屋

沒有睡眠
補足身體動力

池水溫度高
沒有卻步
病徵跟隨蒸氣飄散
我盯著白煙往上
晚餐前
泉水已輕輕把疲憊放下

穿上浴衣穿上風采
輕鬆走向餐廳
告別溫泉
也告別肺炎

熊牧場

攜帶一只熊鈴
為了驅趕內心恐懼
為了驅散大熊獵食
手抓緊緊
為了躲避不速之客
是人
也是熊

早在未踏上北海道
已將古早叮嚀
裝入行李

導遊努力解說
巴士往熊牧場靠近
他說天然熊牧場
放養許多大熊小熊
我們安穩坐在遊園車
遠遠欣賞

不打擾彼此
　　恐懼與獵食

熊鈴原本扮演勇猛一角
瞬間變化可愛吊飾
鈴鐺上熊圖案
親人
藏起兇猛性格
遊園車繞進森林小道
覓食漿果玩耍樹葉
拍照喀擦喀擦
大熊小熊
林蔭間看到彼此
手握熊鈴微微響起
記憶的
叮叮噹噹

失眠夏夜
064

夏之旅
熊鈴
閃耀清脆的回聲

獨木舟

準備勇氣
穿上救生衣
把翻船思緒留在岸邊
踏上獨木舟
離不開木槳的手
身體
緩緩下降

就緒的勇氣
跟隨指令往前
手在滑動
水在滑動
獨木舟載滿嬉戲、驚奇
穩穩讓船前行
勇氣不知道跑到哪
往前再往前
看見湖中心
群山綠水包圍

失眠夏夜

看不透池底風光
沒有陸地踩踏
我依然好好端坐
勇氣勇氣跟隨一起入鏡
相機把時間凝結
水滴留在臉
是陰雨划過痕跡
時間漣漪
一波波
划去

團體照

奮力向前
我們划著船槳
不敢往後看
平衡,小心提醒
看似堅硬獨木舟
不斷攪動翻船念頭
繞在水波紋
圈圈相繞
擺動
轉彎
雨絲輕輕落入顫抖手
持續抓緊木槳
前行,不敢張望
旁邊樹影
嘻笑
無法看見湖底
掠過划船恣意樂趣
緊張把船槳速度提高

往左往右
主導一切的後座
開懷划船拍照
將凝結在雨衣的時間
趁風剛到
匆促為陰雨的夏
合拍團體照

然別湖泛舟

湖水在細細小雨
滴滴答答

水語
伴我們前行

看不見遠方，陰雨拓印神祕山影
雨霧環繞
清澈水色模糊在陰天水氣
青綠不透明
依舊涼爽

水語
伴我們前行

風開始吹來
樹底一片濃郁
眼鏡也染上美麗色彩

失眠夏夜

倒映
然別湖
一隻隻船身
遊戲的夏

富田薰衣草

六月薰衣草花海
到了八月
仍零星點綴夏日
錯過茂盛花期
還有其他花種盎然盛開
無邊際遠眺
輕柔風吹來清香
四人遊園車
附和馬達動力聲響
從山坡下
往山坡上
前行
豔紅訴說愛情
淡紫透漏神祕
亮黃展現溫暖
圍繞底下深綠葉掬起自然芬多精
淡淡花語
一起融化在手裡的冰淇淋

夏,穿梭花田間
遊園車
　　轟隆轟隆

薰衣草精油館

泥土吹來紫花
芳香
生機飄逸薰衣草
搖擺搖擺
幾朵苦撐花田
預告再見的初夏
花香持續飄散
走進精油館
不會凋零的乾燥花
帶妳進入曾繁盛花海
時間
不在花
奪走任何鮮豔
精油芬芳保存可預見的相遇
花依舊盛開
薰香在館內點燃
濃郁花草
挽留夏,不讓離去

哈密瓜冰淇淋

特產哈密瓜
香濃
嗅入鼻間
橘黃飽滿色澤
裝填了夏季大豐收
冰淇淋風味
甜筒最先知道
還沒融化前
吞下
　　北海道印象
友人催促
再一枝
哈密瓜冰淇淋

北海道夏夜

冷意
從北海道迎面
夏夜鄉間
記憶
連接秋天淡水
飄落蕭瑟
夜,點燃寂靜
沒有熱鬧汽車穿梭
路燈靜默
沒有尋獲暑氣
涼爽伴隨旅人未眠
往湯屋前去
溫暖水氣把未眠驅散
寂靜泡入溫泉水
夜,動作緩慢
也在清晨告別湯屋
旅人睡了好眠

夏依舊
邀約下一夜的溫泉

走在林蔭

筆直小路
鄉間
樹木整齊望向我
走在林蔭
原野色調開展
慢慢散步
夏，寂靜

我恣意
讓時間掛在樹梢
午後
瞌睡尚未抵達前
努力把風、陽光、雲
和煦留在情人身影

走在林蔭
綠葉
　　飄落

失眠夏夜

匆促忘在城市角落
酷暑丟在城市步道
北海道鄉間
只需要旅人的背包
處處逗留

大雪山

無雪的大雪山
夏
仍然寒意無法動搖
我身穿防風防雨外套
面對眼前濃霧
步道隱約不清楚
想探山頂風景
冷風吹來
呼吸急促突然
稀薄氧氣
拖住我無法向前
未完旅程
啊!未完

夏
藏在我眼中黯然
神祕
厚重濃霧

失眠夏夜

錯身山林的
遺憾

細雨

走在小徑細雨點點
昏暗燈光
點燃夏夜氣氛
少人的飯店近郊
濃霧圍繞樹林
高聳針葉
透露入夜的涼風
即將襲來

夜
進入飯店餐廳喧囂
微醺的夏
暗紅在一杯香甜酒杯
我遺忘肺病後遺症
喝下滿滿快樂
細雨仍持續
堵在門外的冷意

失眠夏夜

隔玻璃
看來看去

安田侃美術館

原野上狂奔
我們追風的清涼
來到美術館
雕塑
各有不同
大ㄇ字型石柱
屹立山坡
水緩緩從內流向我們
草地上圓粒石頭
隨水聲
傳來陣陣驚呼
一條流入心中的河
持續
把雕塑家壯麗巧思
停靠在記憶

水廣場(水の広場)

看著清涼過來
安田侃
打破一條河構成
水廣場
流動又消逝

水聲潺潺
把雜念帶走
盯著水流清脆
出神想流水循環
流逝又流回

我們承受四季嬗遞
體悟生死
流過的淚許多
握住的情感不想放
流水永恆永恆
不會逝

白石

我依舊好奇
水廣場有何魔力？
流水底一排白石
輝映背後大理石柱
夏仍在
可是白皙光芒
覆蓋了一層冬雪
暖風慢慢吹來
森林盡頭開始說故事
圓潤白石
引起童心注目
闖進非現實的現實
創意向天空大喊
回聲
陣陣

捉迷藏

圓石一處
我躲起
身上的衣飾
呼喊
你來找
小教室大回音
沒有多遮蔽
石頭馬上露餡
你大笑
我大笑
石頭冰冷在旁
不作聲
我們噓一聲
慢慢走出去
只剩
木地板喀喀
腳步

嬉戲

童年喀喀
木地板小學校
雕塑靜默
木地板小教室
時間走過
縫隙藏有歡笑
角落夾雜青春

雕塑家心思
穿越教室到群山
風吹動
走在狹小與寬廣
雕塑把時間
停止
小徑綠草繽紛
融合在自然
嬉戲

玉米

特產玉米
想品嚐
我在早餐自助吧
繞來繞去
看見生菜區
玉米粒削下的香甜
從遊覽車行駛玉米田
吹拂過來
湯匙挖了挖
滋味反射北海道陽光
金黃閃閃
甜蜜味，吃盡
一口口
夏

十勝之丘花鐘

時間依舊行走
長短針不停
運作
時鐘底花草絢麗綻放
他們是否擔心無法
考驗
生命凋零
時鐘一直提醒
現在幾點
人卻在美麗色調
為愛情
實現願望

投幣飲料

遺忘幾週前的嚴重肺病
旅次風景
沒把後遺症帶出門
有時咳嗽
細碎
散落在人聲
口罩隔絕髒空氣
我呼吸順暢
睡眠仍重,在遊覽車
睡睡醒醒
抵達景點的驚奇
落入了一瓶咖啡與煎茶的
販賣機

冰水

夏日不熱
餐廳第一杯冰水
讓旅人有喘息
時間
尚未開動時
勁涼冰水
把身心舒暢
浮在杯中

我看著冰塊，為了身心
還是要了一杯溫水
溫暖不熱的夏日
咳嗽緩和
好吃的餐食陽光曬下
金黃光芒
冰水依舊剔透
跳躍在一杯杯用餐的
旅人

法式料理

法式料理
精緻餐桌擺飾
刀叉照亮蠟燭餘光
我還沒選擇
餐前酒幫忙紓壓
麵包濃湯
香濃滑入食慾的飢餓
樂音聲簡單
在音符跳動的餐盤
簡約不做作
盤子與食物擺設
我看了出神
保留許多空白
以為是一幅畫
主餐豐盛牛排肉
敲在玻璃杯的祝賀
啊,父親節

相聚在
美好料理的宴席

冰淇淋

哈密瓜到處販賣
他的香氣
融合冰淇淋口感
旁邊販售黃澄哈蜜瓜切片
吃冰淇淋的嘴
羨慕商店的哈密瓜肉
香氣陣陣吹來
沒有酷熱的夏
也在哈密瓜果香
佔領眼睛視線

向日葵花田

錯過了薰衣草
花田還綻放許多美麗
跟遊園車
金盞花、一串紅鋪滿原野
遠眺高山花海
陽光輕輕把夏天光暈
閃動亮麗
顏色，吸引我
往前再看
向日葵花海
把整個夏季留住
直挺挺
金黃壯麗
我渺小在旁邊
合照

狂奔

我們在狂奔
穿越花田
往上
往下
一叢又一叢
我們追豔麗彩紅花朵
我們追湛藍群山倒影
跑出花田
跑出玩興
跟隨夏日
一起溜下山坡

初夏

錯過薰衣草花季
農場保鮮了花的色澤
一朵朵乾燥花
眼前掠過
花色靜止在尚未凋零之前
香氣也在尚未凋零之前
做成精油
花卉和花香
讓你記憶錯過的花季
薰衣草香舒眠功能
也在你日後枕頭散發
濃濃睡意
護手霜、肥皂、抗菌液
融合在薰衣草
你的行旅提醒
初夏已提早離開

旭岳纜車

纜車
輸送旅人無間斷
來回來回
把喜悅載送到山頂
把驚奇送回至山下

上山
溫差催促雨下得急
夏，冷颼空氣
旅人包在羽絨衣裡
氧氣逐漸稀薄
登山準備尚未啟動
纜車已抵達山頂
叮嚀叮嚀
留意時間與山路地形
攜帶一張地圖
漫步往濃霧山林

下山
集合人數和車票
冷霜畫在旅人的臉頰
紅通通
夏,大雪山冷風
快速推纜車往山下
好多好多
風景錯過旅人的眼睛
相片在記憶能留多少動態?
細雨又催促下一個行程

纜車持續
輸送旅人無間斷
來回來回
把喜悅載送到山頂
把驚奇送回至山下

仍舊是拉麵

到了北海道
仍思念拉麵的香味

餐桌上
燒烤和牛蔬菜
蕎麥麵佐天婦羅
烤麵包牛排五分熟
互換菜色
紅酒白酒啤酒一杯杯
流連食物味覺
記憶在用餐
網羅料理各式風味
無法挑剔
夏風吹來和煦
躺在花草香氣未眠

告別北海道前
仍思念拉麵的香味

走逛機場免稅店
無聊
步伐被香氣吸引
竟相遇傳統拉麵屋
一碗北海道奶油玉米拉麵
濃郁佔滿記憶
簡單小餐桌小椅子與家人
喝一杯冰涼烏龍茶
羅列出夏的繽紛

抵達淡水後
仍思念拉麵的香味

夏夜在榻榻米

打滾在榻榻米上
鋪好床鋪
即使是夏天
夜晚仍有涼意
臉上還留溫泉的熱度
提早培養睡意
不過
咳嗽讓夏夜失眠
陣陣從棉被深處傳來
起來走動
一杯溫熱水暖和身體
沒有暑氣的夏
打滾在榻榻米上
等待入睡

系列三
夏夜，讀《笠》60年

家

我們鋪長長的思想
巡迴台北台中台南高雄花蓮
穿越我們歷史的年歲
來到 60 年生日
歡慶祝福高歌一曲
願望不會很多
也無須吹 60 枝蠟燭
燃起寫作的心
質樸語言
說，聽到看到感受
你在哪裡
我在哪裡
讀，詩藝堅強風格
翻閱《笠》360 冊
抵達
永恆的家

詩

詩
相遇
無數夏夜
寂靜時間漫長
快速翻閱
時間跳躍十年、十年……
忘記哪一夜
忘記哪一頁
寫實進入了人生
剛毅詩藝精神
把書寫
一句一句跨越
無情的歷史、社會、現實
活在
詩人的筆
永久永久

相遇

坐在歡慶熱鬧的年會
我們一同祝賀
長壽長壽
珍惜各世代
　　　　來到笠
我們
聽見詩的吶喊
聽見詩的剛正
聽見詩的柔和
聽見詩的美麗
一家人寒暄聲響起
詩就在此，萌生
相遇
熱鬧團圓飯
相遇
年年老情誼

歲月

哄睡小孩
無數夏夜中
我寫下每一刻感情
沮喪
快樂
失意
驚喜
詩句把人生片刻
鋪平刊登
《笠》每年六期
裝束成一本本厚重歲月

笠友會

寫詩或還未寫詩
都歡迎
笠廣邀同好
參與詩的下午茶
細讀笠詩人
生活瞬間的觀察
展開書寫時空
讀者
提出疑問
回答
　　一段歷史
　　　一段經歷
　　　　一段情感
尋找不為人知的祕密
在思想與筆之間
通往抽象或具象意義
一瞬間
也許是當下

也許是久年後
對話,持續打開
笠友會
相聚一杯咖啡
談詩談文學談老記憶

旋律

未完成交響樂
孤獨唱著
兩樂章
旋律奏起慢板

生命
短暫卻華麗
舒伯特創作
風光時,竟走入病榻
彷彿笑話

孤單奏起
哀傷
一跛一跛
上床,下床
單腳跳躍
歌舞時間短暫

寫作寂靜
在少兩樂章旋律
灌注詩之心
依循音樂，驚見
永
恆

絲帶
——致杜潘芳格

> 通過肉體的人類終點,就是神的起點。
> 復活在父母未生我以前的生命根源。
> 　　　　　　　　——〈桃紅色的死〉

曾經您到舊金山
奔父喪
廣闊天際
綁起生命之終
絲帶

纏繞生命千萬思緒
把單一線條
彎曲成圓弧
緊密生與死

終究知道
肉身,僅此肉身
絲帶

依舊飄搖
絲帶
領我前行

展翅的「變色鳥」
──致詩人趙天儀

眾多繽紛
紅的、藍的、黃的
白鳥幻化美麗,展翅
芳香可口果子
讓稚氣甜蜜蜜
他們尋找變色鳥蹤跡

突然彩鳥變成黑鳥
吃了各色繽紛的果子
依舊翱翔
才知色盤打翻
全部顏色把鳥染成黑
他們想像將有什麼彩虹

音符在鳥嘴跳躍歌唱
綻放紅黃花朵
天空瞬間湛藍
樹林和遠山

把童心
揮灑七彩的圖畫紙

釋放,思念啊!
──追悼前輩詩人喬林

約定見面的笠友會
認識了您
免去生疏介紹
暢談生活

您說:
專心生病,沒辦法寫詩
前輩身體硬朗
以為是玩笑
聚會最終散了
我們都在春夏秋冬
體認
生命的悲歡

您寫的〈釋放〉
許多鳥
擾人

「猶吱吱喳喳的擠滿鳥
　噪得我輾轉難眠」

我曾是年輕，不懂
直到
年歲增長
才知胸腔的鳥
有多少

您身體趨於弱勢
樂觀卻行走於醫院
我也開始學釋放
胸中的
鳥
群

病痛，折磨您日常
病痛，耗盡您思考

我仍然聽見
電話彼端的生活
爽朗

我努力學釋放
內心
憂愁
我用力學釋放
外界
紛擾
我認真學釋放
身體
苦痛

接到訃文,胸口又
吱吱喳喳
告別式結束
您是否捕捉到

一群
思念的
鳥?

時間
──哀悼曾貴海醫生

循環,無止盡
我抓不及
歷史河的奔流
您說了又說
去尋找時間吧

情慾開了花朵落在土裡
不間斷生死
輪迴
時間有時候被綁架
有時候逃走
被竄改的
存在與不存在
始終在土地上努力求生
生命
我好奇是否有真理

您還是在說
去尋找時間吧

理論翻一遍再一遍
對話看似存在
卻又虛無
歷史傷痕悲劇
刺入語言
血痕，從不曾消失

跨過思想洪流
時間一直一直循環
不曾離去的
眼淚
是您給世人的愛

失眠夏夜

系列四
夏夜・回憶不會走

童年

1.
嘴角一抹草莓香
甜蜜滋味
瞬息中度過
童年

2.
夏夜炙熱風
融化在
芒果冰棒的
滋味
啊,童年……

3.

針線把

節慶歡樂

藏進了香包

小手靈巧

縫出

童年的喜悅

4.

公園內

一顆躁動

童心

正飛翔在

雀躍

無比廣闊天空

5.
暑氣融化在
游泳池
水波
蕩漾起
陽光
夏日魅力

6.
新幹線機器人,**變變變**
火車
衝破暗黑勢力
機器人
武裝武器奮戰
把酷熱暑氣
變好玩

7.

再多,再多巧克力牛奶
把暑假
增加一分甜味

手錶倒數上學日
心不甘喝下
最後香醇的盛夏

8.

大班新學期
八月初
衝向鞦韆、沙坑、菜園
玩耍

圍兜兜
有了新的名牌
室內鞋
有了新的住所

我煥然一新
走進
ㄅㄆㄇ的世界

9.

一隻蝴蝶展翅
從鮮豔花朵
手去捉
啊……
童年
一下子飛走了

10.

金桔快快長大
我等著
嚐酸酸甜甜的
夏天

酸甜奇異果

眾多奇異果的酸澀中
尋找
愛情的
甜蜜短暫
時間瞬息過度
只留
味蕾些許清甜

百香果

味覺沉浸芬芳酸甜
像愛情
趁著夏日
未錯過的甜蜜
品嚐一口口
成熟

切片火龍果

火紅熱情
融化
冰涼滋味中
吹進夏夜
低迷
熱空氣
冷然黯淡的心
突然
被喚醒

鳳梨

在封城恐懼
仍用來自熱情的南方
傳達思念

鳳梨包裹蜜糖滋味
瓦解了
重重冷酷隔絕
寄送你家

炙熱東京
病毒依舊傳染旺盛
島國風味
暫停
紛擾
切開熟透芬芳
讓你記憶
六月南台灣

三角西瓜

整齊排列三角形
把西瓜一塊塊
改變了原貌

島國各角落
充滿西瓜香甜
來自花蓮山水的滋味

食客流連在餐廳
盤盤間
尋覓
夏的記憶

水梨

透澈果肉
包裹夏日香甜
成熟多汁

滋味,切開
在揮汗的熱氣
一瓣一瓣

水梨微笑的形狀
咬在仲夏
雀躍欣喜中

加州白桃

品嚐記憶的味道
白桃從加州空運來
低溫
留住了青春

那年,未消逝的短暫記旅
我在舊金山走逛
青澀的紅花芬芳
豔陽下,微風催熟作物
桃把夏日
妝點繽紛
紅通通的戀愛少女

品嚐記憶的白桃
青春也為我
畫上粉嫩腮紅

加州綠葡萄

一串串鮮綠
吸收完整的日光養分
冰冷溫度尚未消散
保鮮了酸甜無籽的果實
一同送來的加州風情
陽光、海浪、涼風
凍結夏日
漫步在台灣島的足跡

烏山頭水庫

風浪靜止
水庫乾枯季節
盛一些些水流
尋過往的山頭
水庫，默默
迎著烈日
雨，尚未下
心彷彿懸掛

台南，豔陽繽紛
某年某日八田先生
佇足於此
他思索、流連
為留住一點一滴
稻田的渴望
無雨季節
從嘉南到烏山頭
收集仲夏前一刻的水

展開工程
規劃與調查
走訪山勢與川流
科技在 1920 年代台灣歷史
也佇足許久
工程偶有不順遂
傷重工人，刻載悲傷
八田宏大心願如水庫
儲存他的愛與生命
不斷向前
十年，時間匆匆
終於，水庫網羅了
盎然稻田的
美麗

那是許久年前，某年某日
站在水庫出水口
八田與一之妻

宏大水流收納了八田心願
妻仍舊思索，多大決心
可尋，過去的美好？
生命終止之際
水將他們的心相連
八田遇船難，死亡
八田妻投水庫，了結
之後，日本投降
八田家族被打包驅離

時間快速似水流
船繞行了水庫

又過了幾十年
某年某日
那個人，必定沒有考慮
殺？或不殺？
他站在八田與一塑像前

可能輕輕鬆鬆,揮舞
大刀
殺去了愛
殺去了淚
殺去了時間
他,背負沒有文化
而活
時間沒有意義
歷史也不用在乎
他欣喜穿越時空
活入祖國懷抱。
殺?或不殺?
恍若笑話
蕩漾水庫,載浮載沉

返回岸上
還有多少愛,恨

曾經
留佇於此？

遊霧台組詩

1.獵寮

一瞬間,雜音全
吞噬
霧台村小旅店
女主人正訴說他的小歷史
簡單獵人休憩構思
鋪成了石板屋供旅人暫歇

山豬或水鹿　猶如古老傳說
塑造一個個堅強勇士
野獸嘶吼,血腥瀰漫
獵人捕捉了英勇
旅人,卻獵到驚奇

此刻,大姆姆山冷風吹襲而來
獵人啊!
你狩獵的心,是否已沉睡?

2.百合

貞潔，美麗女子身上
考驗時間
百合純淨嬌羞
將美麗刻畫精緻

勇氣，狩獵男子身側
豐碩獵物
一陣廝殺追捕
百合為榮耀加冕

3.石板屋

連成一排陶壺裝飾
引領上坡旅人
探看究竟
迎接的石板屋，成群結隊！
石板築起房屋堅強

杜絕了水滲透
族人靈巧展露智慧
從眼見的百步蛇圖像,鱗片
幻化成石板堆疊片片
即使雨季,水會沿石緣
入土壤
保留屋內寂靜
不受干擾的石雕師
日夜,雕琢群像
記憶,那微薄的笑靨
英勇的神態
終將,一尊尊石雕
輪流展示

旅人輕靠了鐵門
霧,瞬間襲來
隱沒石板屋外的
塵埃

4.愛玉

高山愛玉子
竭誠歡迎訪客

轉往部落車行
登山前，證件檢查
隔閡了山上與山下
我變成旅人，牢牢記住
隱然身分差別
也許身形、服飾或輪廓
我越顯慘白的驚恐
民宿女主人熱情接待
把溫暖牽引進入故事
她訴說，久年前……
她與先生的愛
還有更早美麗的青春
唱起樂音

深山,編織起笑聲

高山愛玉子
竭誠歡迎訪客

碗裡愛玉加有綠豆小米
融化在我慘白的心
不知何時,丟棄隔閡
清涼糖水微微甜
混和小米黏密
與
軟化的綠豆心

5.雲豹的故鄉

即使離開……
雲豹的夢,依然未眠

傳說,靈性雲豹

引魯凱人來到此
幽靜深山
泉水潺潺生命
灌溉萬物的靈
讓富饒種植入土
夜夜,守護自然
穿梭在斑點身影
靜默足跡

即使離開……
雲豹的夢,依然反覆

故鄉,雲豹棲身之所
也是魯凱人安居地
天災,未知變化
吹不走魯凱緊密的信仰
因為許久年前
雲豹智慧,他決心在此

生老病死

我今夜又
輾轉，
即使離開⋯⋯
仍繼續，做
雲豹的夢

遊台東組詩

1.豐收
頭目家熱鬧
早起籌備豐收慶典
忙忙碌碌
我聽見衣著聲音
穿梭
為一年辛勤
勞力,歡慶大大小小
喜悅
在大快朵頤之前
一起來
跳舞

2.慶典
寂靜尋常,早晨公雞未啼
我們闖入蜿蜒靠海
公路行駛

雀躍向晨間打破無聲
即將抵達土坂部落
一年慶典
無法掩飾的好奇
往部落國小至頭目家
張望
在尚未開啟祭祀
感受配飾琉璃珠的眼淚
雲豹牙齒帶來永恆的勇氣
圖騰百步蛇賦予神聖

慶豐年儀式隨麥克風昭告
傳遍村落與遠山
在勇士歌舞
展現力與美
孩童舞動身體
深邃眼神
透露一年歡喜等待

又開始起舞
喝光手上小米酒吧
圍繞在山豬肉鼎沸的香味
小米粽即將參與慶典
最終高潮

3.琉璃珠傳說

觀看配飾琉璃珠
透澈，散發些許晶亮
我聽過琉璃珠傳說
從前排灣族頭目女兒
以一串高貴之珠
帶來美好姻緣
門當戶對喜悅
展開在新人笑言中

排灣族女子鮮豔衣飾
展露美好姻緣笑顏

忙進忙出
為豐收準備
我卻在她們眼裡
被傳說
捉住

4.黃金果樹

異域來的黃金果樹
意外在太麻里鄉生長茁壯
一株又一株
往觀景台頂端下探
他們強勁抓牢
山丘地傾斜
沒有步道，我立在台前
卻有點懼高
黃金果樹爭先向我展開
綠意盎然

生命

僻靜中

不受城市的喧囂

而我困在牢籠中

字字打著

思念你的淚

致老祖父與基隆

人,偶爾無情得嚇人
在還未意識到
就先行離去

祖母印象,總是模糊
她有深切信念
求家族平安
求家族長壽
以及……薪火相傳
只為了她不敢遺忘的
列祖列宗

萬萬未料,祈壽獨缺自己
在弟弟過世沒多久
跟著走向佛祖的西方
留下許多傷心回憶
在安靜小屋
反潮溼氣,訴說未竟願望

祖父順她的祈求
度過好幾年康健歲月
90 幾歲後，記憶逐漸消退
行動無法自如
到了安養中心，養求來的壽
環繞電視聲響　醒醒睡睡
他始終惦記手捉得住的回憶
向我，伸手在眼前
他所記得的當下

最終老祖父闔眼剎那……
我仍舊想
離鄉幾年，他堅持
揮揮手，道別
也許我該勇敢的
揮揮手，向他，告別

失眠夏夜

人,有時陷落軟弱
未看清事實
卻急忙於傷悲

紫蘇茶

茶葉在滾水
伸展她的
迷人
紫蘇芬芳
喚走一日疲倦
龍門司燒陶杯
留住
入夜之美

團圓

土鳳梨酸味
如秋風
給了換季的提示
向夏天
告別

我盯著一盒鳳梨內餡月餅

肺炎病毒年代
飛機閒置
許多班機直接刪去
團圓的心
今年中秋月是否
缺少一種滋味

輕柔打開包裝，月餅細緻

肺炎感染年代

國與國小心翼翼
護照,無處用
只有工作簽證的少數
還能進入
災區或非災區
已不用多說
感染,剩狂飆的數字

我盯著妳也曾細看的月餅

用破碎的心
團一個無法相聚的
圓
中秋,啊中秋
我只能在月餅裡
尋到⋯⋯
記憶的
圓

小人

小人啊小人
你用刺穿人心的語言
攻擊
從來不是對手的
任何人

假想敵人
擁自大狂妄
高談著小世界輝煌
狹窄說出
王者風範的霸氣
可惜
小人穿梭歷史
到現今
依舊沒改變
靈魂
處處結黨
編織受苦受難的委屈

小人啊小人
你戴上眾多面具
穿梭在人群
高歌
一首無用的
詩

四季

櫻花未落前
春彷彿已全然襲擊
大地
哀傷花朵落在泥土
悶熱高溫
暑氣吹在過早的月份
雨,持續下
花的桃紅埋入土壤
她的歷史
滲進更深一層
高大樹木反覆吸收
開出島國鮮豔的
桃紅,暈染一叢又一叢
四季百年前百年後
洗刷歷史血腥
遺忘遺忘再遺忘
冷然的冬
飄落冬雪毫無生息

記憶

秋色
美好樂音
緩緩從鐵琴清脆敲擊
散發彈奏努力
慢慢把音符節奏
鋪成你認識歌曲的記憶
柔和地
將法國民謠《河水》
捕捉內心思考的泉源
涓細流長
渴望，聽見
背後故事脈絡

你仍舊數拍子
跟隨　記憶之譜
叮叮咚咚

告別

秋葉，把綠意
消退
火紅熱情
向夏天大聲說
離別

葉，靜靜地
落在地上
沉思
她想起夏，如何
告白

風逐漸冷澀
吹散多少
思念
一杯熱茶
望著窗
盛著苦味難耐

無法理解
葉的
嘆息……

失眠夏夜

含笑詩叢32 PG3156

失眠夏夜
——楊淇竹詩集

作　　　者	楊淇竹
責任編輯	吳霽恆
圖文排版	黃莉珊
封面設計	王嵩賀

出版策劃	釀出版
製作發行	秀威資訊科技股份有限公司
	114 台北市內湖區瑞光路76巷65號1樓
	電話：+886-2-2796-3638　傳真：+886-2-2796-1377
	服務信箱：service@showwe.com.tw
	http://www.showwe.com.tw
郵政劃撥	19563868　戶名：秀威資訊科技股份有限公司
展售門市	國家書店【松江門市】
	104 台北市中山區松江路209號1樓
	電話：+886-2-2518-0207　傳真：+886-2-2518-0778
網路訂購	秀威網路書店：https://store.showwe.tw
	國家網路書店：https://www.govbooks.com.tw
法律顧問	毛國樑　律師
總 經 銷	聯合發行股份有限公司
	231新北市新店區寶橋路235巷6弄6號4F
	電話：+886-2-2917-8022　傳真：+886-2-2915-6275

出版日期	2025年3月　BOD一版
定　　價	280元

版權所有・翻印必究（本書如有缺頁、破損或裝訂錯誤，請寄回更換）
Copyright © 2025 by Showwe Information Co., Ltd.
All Rights Reserved

Printed in Taiwan

讀者回函卡

國家圖書館出版品預行編目

失眠夏夜：楊淇竹詩集 / 楊淇竹著. -- 一版. --
臺北市：釀出版, 2025.03
　面；　公分. -- (含笑詩叢；32)
BOD版
ISBN 978-626-412-061-6 (平裝)

863.51　　　　　　　　　　　114001188